CUENTOS PERDIDOS EN EL INFINITO

PRÓLOGO

Presento una tercera colección de cuentos diferentes, para aquellos que tienen la virtud no sólo de leer entre líneas, sino también de imaginar el final del relato, más cercano a su comprensión.

Algunos lectores desean el típico cuento narrativo con un desenlace feliz, otros prefieren los temas con aires de misterio y temor, otros simplemente son indiferentes al estilo, prefiriendo ceñirse al contenido mismo. No obstante, algunas personas prefieren "vivir" un mundo de fantasía a través de los cuentos, para después desplazarse al mundo real con sus limitaciones.

Este grupo de relatos de ficción, tratan de asimilar pasajes comunes de la vida real, ofreciendo la oportunidad al lector de sacar sus propias conclusiones, aunque algunos de ellos contengan un final predecible. Algunos califican para ser leídos a los niños y disfrutar sus atinados comentarios, porque éstos son una caja de sorpresas, por su sincera candidez. Otros, podrían abarcar el mundo de los adolescentes.

DOBLE IDENTIDAD

No son aceptables las razones esgrimidas por Roberto Luis, para hacer ver que no es la persona que conozco. Su físico no ha cambiado, unas líneas de la vida, aquí y allá. No hay gran diferencia, no obstante, él, Roberto Luis, insiste en denominarse Gustavo Alberto. Decidí seguirle la corriente, total al final, no era asunto de mi incumbencia. Se vendía como un periodista que laboraba para el mejor periódico de la ciudad y gozaba de buen nombre por la objetividad en los temas que escribía, periodista investigativo, siempre apegado, en lo posible, a la verdad. El Roberto Luis que conocí en mi pueblo natal, era un escritor y narrador de cuentos, así como se oye, se dedicaba a entretener a las audiencias, en reuniones formales, fiestas, teatros, escuelas y hasta participaba en concursos. Parecía un bohemio, pero no lo era, sus progenitores eran educadores y al parecer la inclinación por las letras, era el vínculo que parecía unir a los dos personajes en cuestión.

Una tarde tocó a mi puerta el abogado Gustavo Alberto, llegó decidido en aclarar lo que el denominaba equívoco y lo hacía, porque otra persona lo confundió en los tribunales con el supuesto personaje que, María Del Carmen, esa soy yo, afirmaba que existía. Frente a sendas tazas de café, permitió Gustavo Alberto, que María Del Carmen relatara lo que sabía de Roberto Luis y decidieron aprovechar el largo fin de semana para ir al pueblo y dilucidar el enigma.

Una vez llegaron al pueblo, Gustavo Alberto pudo comprobar la situación, al punto que decidió contestar los saludos sin mayor explicación, como si fuese Roberto Luis. Lamentablemente, no lo pudieron contactar porque, a la inversa, había viajado a la ciudad, aprovechando el largo feriado. María Del seguiría creyendo que era Roberto Luis. Una sonrisa afloró a los labios de Gustavo Alberto. Recorrieron el pueblo y de alguna manera, antes de regresar a la ciudad, se pudo recoger eventos relacionados con las vivencias de Roberto Luis.

Meses después, tocaron a la puerta de María Del Carmen, encontrándose frente a los dos personajes en disputa, sorprendida los hizo pasar y en una charla amena, la pusieron en autos, que al fin se habían encontrado y ante tan impresionante parecido, se hicieron el ADN y concluyeron eran hermanos, gemelos idénticos, todo gracias a la insistencia de María Del Carmen en la doble identidad. Cada uno decidió mantener su estilo de vida y habiéndose encontrado, mantener la comunicación.

Años después, María Del Carmen conoció la noticia de la desaparición de un avión con todos los pasajeros, en la lista estaba Gustavo Alberto, impresionada, no podía dar crédito a lo que leía. Llamó a Roberto Luis y confirmó que efectivamente, su hermano iba en la nave que se dio por desaparecida. Gustavo Alberto tenía alrededor de 50 años, igual que ella. Muy triste acontecimiento, sobre todo para dos hermanos que habían reconectado sus vidas hacía poco tiempo.

Diez años después, María del Carmen, su esposo e hijos, estaban viendo una película en la televisión, cuando interrumpen con una noticia de último minuto, un avión desaparecido hacía una década atrás, un Airbus 310, estaba aterrizando en esos momentos. El aparato llegaba intacto, con todos los pasajeros y la tripulación, al parecer, todos con vida. Era impactante la noticia, una avalancha de periodistas y familiares llenaron el aeropuerto, al igual que un buen número de agentes de salud y policías para mantener el orden. Momento después, María Del Carmen, de por si impresionada por el evento, cuando vio en pantalla, entre los pasajeros a Gustavo Alberto, con un aspecto increíble joven, como hace diez años, pensó que el tiempo se había detenido.

Tanto pasajeros como la tripulación, del avión que reapareció, fueron ubicados en un hospital militar para su correspondiente examen físico y las declaraciones sobre lo acontecido, agotados los procedimientos fueron cercano de cada uno de los afectados.

María Del Carmen dejó pasar unos días para llamar a Roberto Luis, quería conocer sus impresiones y la información correcta, porque los medios habían abanicado el tema de extraterrestres y otros temas fantásticos. Al llamar Roberto Luis compartió la experiencia de ver a su hermano gemelo tan joven, que lo hacía ver como su hermano menor. Según le contó Gustavo Alberto, fue una situación inexplicable, porque para todos los efectos, el tiempo que transcurrió mientras estuvo en el avión, fue el normal. Asume que entraron en una falla del tiempo, tal vez otra dimensión, que aunque los mantenía suspendidos, cosa que ellos no imaginaban, nada los afectó. Fue desconcertante conocer al llegar a la ciudad, la fecha vigente y experimentar a ojos vista, los cambios sufridos en el desarrollo de la ciudad. Asimismo, al intentar reincorporarse a la práctica legal, se dio cuenta que habían tantas disposiciones que desconocía, que comprendió que algo extraño le había pasado y en especial, corroborar que sus colegas habían envejecido a diferencia de su persona y ello hacía que lo miraran con recelo.

La reaparición del avión Airbus 310, constituyó un caso inexplicable y misterioso para científicos, la industria aeronáutica, el Estado y el mundo en general, al punto que la nave fue sacada de circulación y aislada, para ser sometida a un exhaustivo examen y evitar cualesquier contaminación.

Gustavo Alberto no experimentó ningún cambio físico, mucho menos mental, no obstante, gravitaba en él un enorme desconcierto por desconocer lo ocurrido y sobre todo, por lo incierto que le parecía el futuro. Por su parte, Roberto Luis aprovechó el conocer los sucesos muy de cerca y animó a su hermano para que publicaran un libro sobre la experiencia vivida antes, durante y después del "accidente". Libro que se agotó en la primera edición.

Magda estaba con un aceleramiento enorme, había conocido a su amigo Ted por internet, desde hacía un par de años atrás y acaba de anunciarle, que viajaría en treinta días, desde California, para conocerla. Habían hecho un trato de no intercambiar fotografías, para así mantener la incógnita hasta el final y el mismo estaba muy próximo. Magda llamó a Carla su hermana gemela y angustiada la puso en autos. Fue Carla quien la indujo a entablar amistades por internet, porque era divertido, en su caso realmente conoció muchas personas que al igual que ella, tenían el tiempo y la voluntad de relacionarse tecnológicamente, siempre dentro del marco de las buenas costumbres.

Por favor sácame de este atolladero, sabes que es fácil escribir pero con mi timidez voy a espantar a Ted, rogó Magda a Carla, ésta dijo, primero debemos hacer los arreglos para su hospedaje y preparar un plan de acciones diarias mientras se encuentre aquí. Eso hicieron, pero Magda a diferencia de su hermana a quien nada la inmutaba, estaba cada día más nerviosa y desencajada, preocupando a Carla. Como eran gemelas idénticas, Magda propuso a Carla que se hiciera pasar por ella. Carla divertida aceptó y después de un intercambio de ideas, se puso en práctica el plan, advirtiendo a los padres que para todos los efectos, durante el mes que duraría la visita, ellas se habían cambiado los nombres.

La decisión actuó como un bálsamo para Magda y rápidamente, se notó que recobraba la tranquilidad y la alegría que la caracterizaba. Llegó Ted y se encontró con Magda y su duplicado, no sabía que tenía una hermana gemela lo que encontró divertido. Un ambiente ameno y agradable, con una hermosa familia recibió al amigo internauta. Fue un mes intenso, por los eventos que habían planeado, tratando que Ted estuviese bien entretenido y no notase el intercambio de las hermanas.

Pasaron los días, acercándose la vuelta a California, Ted estaba confundido con sus sentimientos, las gemelas aunque parecidas, tenían opiniones a veces encontradas y no necesariamente coincidían con las suyas. Consideró de gran valor haber hecho el viaje y conocer personalmente a Magda aunque una castañuela, lo que no se reflejaba en el contenido de sus sobrios escritos, en los correos que cruzaban, mientras Clara aunque risueña, siempre mantenía la distancia. Gemelas idénticas en lo físico, pero no coincidían las personalidades. Finalmente, llegó el momento de las despedidas y Ted regresó a su ciudad más confundido que convencido, pero gratamente impresionado con la experiencia vivida en Austin, Texas.

Magda, por su parte, agradeció a su hermana por haberla apoyado y se percató que sus sentimientos hacia Ted eran puramente amicales. Clara por su parte, desenvuelta e indiferente, trató de mantenerse al margen de cualesquier conflicto que pudiese generar la sustitución.

Pasaron los meses, Ted sentía que Magda había disminuido su entusiasmo y así se lo manifestó, por ello, ella consideró que como un gesto de honestidad aclararle el inocente engaño al que fue sometido. La reacción de Ted sorprendió a Magda, lejos de enojarse, escribió que la liberación que sentía al conocer la travesura, le permite confesar que él no podía, por compromisos en su profesión, desplazarse por lo que su hermano Bob tomó su lugar y para conocerla mejor leyó todos sus mensajes antes de viajar, no obstante, no quiso aclarar el entuerto, Ted le dice a Magda que no se preocupe pues ambos estaban a mano. Magda contó a Clara lo ocurrido y no paraban de reír, porque les pasó como aquellas que fueron por lana y salieron trasquiladas.

Pasó el tiempo, Clara formó una linda familia y Magda seguía con su vida de maestra de la escuela elemental la relación con Ted se mantuvo a lo largo del tiempo. No obstante Bob el hermano de Ted, mantuvo correspondencia con Magda, se conocieron mejor, surgiendo un sentimiento serio y al parecer duradero, al punto que decidieron unir sus vidas, con el compromiso de cero bromas con la gemela Clara.

El día de la boda llegó, Ted y Bob viajaron juntos y se hospedaron en un cómodo hotelito en Austin, fue una boda preciosa, no había en este caso motivo de preocupación porque Clara estaba esperando otro bebé y lógicamente hubo una notoria diferencia.

BILOCACION

Durante sus vacaciones programó tomar un crucero por toda Europa. En el barco, Amanda entabló amistad con Richard, hombre de mediana edad, quien a pesar de lucir un poco triste, no estaba encerrado en sí mismo. Lo que permitía mantener una interesante conversación, como si se hubiesen puesto de acuerdo, los temas eran diversos y no incluían sus experiencias personales. Fueron unas excelentes vacaciones, un viaje irrepetible, personalidades afines que prometía una amistad duradera. Se despidieron e intercambiaron direcciones y correos electrónicos.

Amanda llegó a su destino con una nueva esperanza, aunque la realidad era que no conocía las interioridades personales de Richard ni él las suyas. La comunicación se mantuvo por internet y poco a poco pudo conocer más detalles de su personalidad. Lo importante era que ambos no tenían compromisos sentimentales, pues Richard le confesó que era viudo, de ahí su tristeza, por la reciente pérdida. Amanda consideró que la amistad era un tesoro difícil de encontrar y reconoció que Richard tenía las cualidades para ser el amigo perfecto y esa fue la relación que mantuvieron a través de los años.

Pasó el tiempo, Amanda era parte de un grupo de mentalistas que se reunían cada seis meses, para intercambiar experiencias, se unió a los mismos por un extraño evento que vivió y el grupo llegó a la conclusión que le había ocurrido un fenómeno parecido a la bilocación. Es que, Amanda, vívidamente, estuvo en dos lugares a la vez. Ello ocurría en casos de algunos santos pero en seres humanos vivos no se había conocido.

El caso fue, que Amanda sostiene que estuvo en la cabecera de la cama del hospital, cuidando a Richard y al mismo tiempo, visitaba a su prima Larisa en su ciudad Arkansas. Richard corroboró su presencia y por supuesto, se formó un revuelo, porque Amanda no había viajado a San Francisco. El evento hizo que entablara amistad con el grupo mentalista y la vida, desde ese momento cambió para Amanda, hasta en su aspecto, se veía etérea, llena de paz y cuanto tiempo sería. Aprovechando la experiencia vivida, se convirtió en una expositora de paz mental, lo que en momento de crisis era muy adecuado.

Estando Amanda dictando una conferencia, de carácter gratuito y de libre entrada, se escuchó una voz desde el público. "Ella es una bruja y hay que cuidarse de sus maleficios" El hombre vociferaba lo mismo una y otra vez, al punto que tuvieron que sacarlo de la sala. Ese hecho se repitió varias veces y se apoyaba en el evento de la bilocación, que experimentó Amanda y que los mentalistas usaban para la publicidad de sus conferencias.

Luego de un receso, continuó con las conferencias que lograban donaciones para los estudios de los mentalistas y sus obras de beneficencia. Por segunda vez se repite la protesta, apareció una mujer que con gritos la acusaba de la desaparición del hombre que protestó en un principio. La situación rayaba en lo insostenible y Amanda pidió a las autoridades policiales que buscaran a ese hombre. La búsqueda fue infructuosa, como si se lo hubiese tragado la tierra, lo que empezó a crear un estado de dudas y muchas interrogantes, porque la mujer continuaba con sus protestas y acusaciones.

Amanda decidió retirarse del grupo para no perjudicarlos y se recluyó en su casa de campo, lejos de las murmuraciones, que estaban haciendo mella en su salud que, poco a poco, se deterioraba mostrando un aspecto triste y macilento. Muy apesadumbrada, escribió a Richard contándole lo ocurrido. Richard la invitó para que dictara las charlas en su ciudad siendo él, su mejor testigo. Los mentalistas tenían un grupo afín en San Francisco y Amanda voló desde Arkansas para lograr su objetivo. Era un aire fresco para ella, después de la mala experiencia en su ciudad natal.

Siendo San Francisco un estado muy cosmopolita, la aceptación de Amanda fue inmediata y sus charlas conceptuales sobre la paz y serenidad mental, muy exitosas. Nuevamente, sentía que florecía ante el calor del público que la aplaudía. Todo iba bien hasta que una tarde resonó una voz en medio de la sala, "Eres una hechicera, desapareces a las personas que te enfrentan y sólo causas mal ¿Dónde están las dos personas que te adversaban en Arkansas? nunca aparecieron, la policía no los encontró" y el hombre seguía vociferando. Amanda lo miró aterrada y se desmayó, al abrir los ojos, se corazón.

Al recibir autorización de salida, dijo a Richard que había decidido volver a sus orígenes, regresar a su ciudad y vivir una vida más sosegada.

De vuelta en Arkansas se ubicó en su casa campestre, volvió a sus artesanías y a sus clases especiales. Amanda convalecía de cuerpo y mente. Una tranquila tarde, tocaron a la puerta, al abrir tenía frente a ella a las tres personas que la acosaron en las conferencias, sin pensarlo cerró la puerta sin una palabra. Al día siguiente, llamaron nuevamente y esta vez les preguntó qué querían, ellos contestaron que ella los había visitado y había indicado que se apersonaran ese día, ella negó haberlos visitado y los amenazó con llamar a la policía sino se alejaban de su casa.

A la semana, llegaron nuevamente los personajes y pidieron ser escuchados, Amanda, con muestras de cansancio, los hizo entrar y escuchó sus relatos sobre las visitas que según ellos, ella había efectuado a cada uno de ellos, otros fenómenos de bilocación, habían consultado al Grupo de Mentalistas y ellos aconsejaron visitarla para ponerla en autos, no les contestó, se puso de pie dando por terminada la conversación y en camino a la puerta de salida, sintieron una fuerte ventolina que impedía abrirla.

¿Qué ocurrió en esa casa? Nadie supo más de la existencia de cuatro personas, a pesar de la exhaustiva investigación de la policía y desde entonces, la casa fue calificada de hechizada. El Grupo de Mentalistas permaneció en silencio

EL GUSANO TECNOLÓGICO

Robertito de 8 años, jugaba con su IPAD, aprovechando su tiempo libre fuera del estudio, había creado un gusanito electrónico a quien nombró Rikitipi y el mismo lo había programado para ciertos juegos y tareas. Era tan real para él, que hasta conversaban, había ideado un alfabeto de colores para tal fin y Rikitipi cambiaba de colores de acuerdo a la conversación, en realidad al tono de voz. Los padres lo escuchaban hablar con su amigo tecnológico, sin preocuparse, porque como hijo único, según los psicólogos, formaba parte de las vivencias de la edad. Robertito tenía un grado de autismo, sufría el síndrome de Asperger y sus padres conscientes de ello, lo conducían con inteligencia, paciencia y mucha esperanza por su alto nivel de inteligencia.

En la escuela, compartía con pocos compañeros, a través del ingenioso juego. El gusano entraba y salía, cambiando de colores según la ventana que se abriera y de acertar el color correcto, se anotaba el puntaje. La maestra tenía que estar vigilante para evitar distracciones. El profesor de tecnología estaba muy entusiasmado con las cualidades tecnológicas a tan corta edad, Rikitipi se convirtió en un símbolo del grupo.

Una tarde llegó una empresa a la escuela, para ofrecer un taller de tecnología a niños hasta 12 años. Robertito y sus amigos se inscribieron y decidieron darle a Rikitipi una nueva función, ser un reloj tecnológico, trabajaron con ahínco y lograron ubicarse entre los favoritos, el susodicho reloj era compacto y el gusano electrónico sólo salía cuando marcaba las horas, con un ingenioso juego de colores.

Rikitipi era utilizado por otros niños para gastarles bromas a las niñas del salón, transferían una preciosa mariposa, que cambiaba de colores y diseños pero abruptamente se transformaba en un Rikitipi negro con una cara de vampiro amenazante, causando los consabidos gritos.

cibernético, una pantalla blanca que nada mostraba, al tocarla aparecía poco a poco, el gusano cibernético con un gran manto y mediante un audio se escuchaban los gemidos del "fantasma" a medida que iba cambiando de color. Se ganaron el primer premio y una visita a Silicón Valley con sus padres y maestros. Fue una extraordinaria experiencia y una gran aventura. Robertito dijo a sus padres que algún día trabajaría en ese lugar.

El padre de Robertito decidió resguardar los derechos de autor de Rikitipi y realizó los registros pertinentes. Así, pudo utilizar la idea para patentizar juegos, juguetes, libros, periódicos y similares, con cuyos beneficios pudo lograr ahorrar lo suficiente para la carrera de Robertito. Quien logró al terminar sus estudios universitarios de ingeniería en tecnología y en virtud de sus habilidades, logró ingresar a trabajar en una importante empresa en Silicón Valley.

La moraleja de este corto cuento, es que padres que prestan atención a los hijos, los comprenden y cultivan sus habilidades, contribuyen a fortalecer la autoestima de los hijos, en especial, si sufren alguna discapacidad.

LA BALA PERDIDA

Cuántos dolores de cabeza se hubiese ahorrado Catalina si no hubiese acogido al primo Juan en su casa. No había forma de que entrara en razón, sus ideas revolucionarias encendían las discusiones y causaba malestares que duraban varios días. Propio de la juventud, quienes creen que todo lo saben, no permitiendo una conversación inteligente, porque pretenden proyectar falsos conocimientos. Marianela, su hija, trataba de mediar en las discusiones sin éxito, porque su hermano Manuel era tan testarudo como Juan. Marianela estudiaba enfermería y Manuel medicina. Juan quien estudiaba derecho, decidió inscribirse en un partido político nuevo, de corte socialista y la organización, lo mantenía un tanto alejado de la casa. Uno de los fundadores lo había acogido como pupilo y Juan estaba orgulloso de su mentor político.

Esta vez, al acercarse la fecha de la visita del presidente del país vecino, la situación se tornó inmanejable, por las discusiones comparativas que en nada ayudaba al diálogo constructivo. Juan estaba disparado y nada acataba, sólo hablaba de la ideología de su partido, que consideraba la solución ante el fracaso de la democracia; sobre todo por la corrupción rampante en las administraciones gubernamentales de la mayoría de los países. Esta nueva posición política renovada, arrastraba a la juventud como era el caso de Juan, quien se veía formando parte de los cambios que necesita la sociedad para lograr el equilibrio social.

Juan trabajaba con ahínco y con su buen verbo, había convencido a una buena cantidad de seguidores, con la idea de lograr una sociedad más inclusiva en el mejor sentido, trabajadora, con metas claras y no violentas, educada y sobre todo, respetuosa de sus valores cívicos y morales. La ideología se cifraba en el hombre mismo y no en el partido per se, porque el conjunto de hombres y mujeres justos, honestos, trabajadores y educados era lo que constituía y le daba valor al Partido.

Juan se sentía realizado y trabajaba con dedicación, en la organización de la primera marcha de oposición, para también dar a conocer la nueva ruta del partido. Llegó el día de la marcha y Juan ondeando la bandera, caminaba con trifulca, llegó la policía tirando gases lacrimógenos y la inexperiencia de Juan lo hizo recibir una bala perdida.

Estando en el hospital, luego de haber sido operado y la bala removida, observó en la cama contigua a un joven de su edad, quien también había recibido un balazo, dormía mucho después de la cirugía. Según le dijeron era uno de los que los adversaban y que al igual que él tropezó con una bala. Cuando ya se veía mejor se presentaron y conversaron sobre la posición de cada uno y sus principios, al comentar sobre el financiamiento de los movimientos, tuvo conocimiento que organismos internacionales aportaban apoyos financieros a las dos partes, no existiendo claridad si la ayuda era simultánea. La sorpresa de Juan fue inmensa y se propuso investigar a fondo el tema, pese a sus esfuerzos por conocer las figuras detrás del partido, se le hizo muy difícil por la intrincada red de seguridad en ese aspecto. A la mayoría de los miembros no le interesaba saber de dónde venían las donaciones, pero Juan quería asegurarse de no formar parte de una conspiración.

Mantuvo para sí, lo que sabía e investigaba, ni a su mentor político se lo había comentado. Juan no concebía la dualidad de los donantes lo que consideraba era una acción deshonesta. Por ello, a medida que ascendía en la organización, trataba de encontrar la verdad por sí mismo. ¡Qué cerca estaba de conocerla! La amistad con Arturo del grupo contrario se mantuvo y ambos trataban de esclarecer el misterio de los donantes. Un domingo, Arturo lo llamó porque había conocido que los donantes tendrían una reunión ultra secreta y por casualidad supo la hora y la ubicación, acordaron apostarse cerca para visualizar las personas, aunque los estacionamientos estuviesen en el sótano.

¿Cuál no sería la sorpresa de Juan? al ver a su mentor político llegar al lugar. Al comentárselo a Arturo, éste le indica que también era su mentor, bajo suma discreción. Conocer esa verdad, constituyó una profunda decepción para ambos. Un personaje respetado, de reconocida reputación, como hombre honesto y profesional probo, se prestaba para el doble juego como cualquier pelafustán. Juan decidió regresar a casa y le dijo a Arturo que tenía que meditar y tomar decisiones sobre lo acontecido.

Juan llegó a casa ceñudo y después de cenar, se mantuvo silencioso y pensativo, al punto que Catalina se le acercó para saber qué le ocurría. Juan la miró y confesó que estaba decepcionado de su partido, meditaba si debía continuar formando parte de una agrupación, con principios ajenos a los suyos. Catalina sabiamente, aconsejó que no tomase medidas precipitadas sino producto de un serio análisis. Juan se dio cuenta que la corrupción permeaba el sistema y que la población inocente era movida según los vaivenes de los potentados. No encontraba la salida, había perdido el entusiasmo y sentía que había sido utilizado. Sólo pensar en todos los jóvenes que había afiliado, bajo las premisas de un sistema nuevo, real e inclusivo, que podría resultar un instrumento más de corrupción, lo tenía muy enojado.

Se organizó otra marcha, banderas, pancartas, consignas, pitos y flautas llenaban de colores la avenida principal, Juan incansable llevaba el peso de la organización. Al pasar por la tarima donde estaban las máximas figuras del Partido la algarabía fue inmensa, hasta cohetes y fuegos artificiales se escucharon.

La marcha dejó a su paso el eco de la música y la fanfarria. En el momento, nadie notó cambios en la tarima, el mentor político de Juan y Arturo, estaba inmóvil, mientras corría por su cuerpo un hililllo de sangre causado por una bala perdida. Juan al conocer lo acontecido, tomó la decisión de abandonar el partido y dedicarse a sus estudios. Se preguntaba quién y por qué había acabado con la vida de su mentor y llegó a la conclusión, que no se puede servir a dos señores al mismo tiempo.

LA DAMA DE GRIS

A diario se cruzaban en el trayecto al trabajo, en direcciones opuestas, como si fuese una señal del destino. Llamaba la atención, el repertorio de vestidos grises que lucía la mujer todavía joven y hermosa, quien sumergida en sus pensamientos, apenas miraba a su alrededor. Su nombre, María Eugenia Cabal y residía al final de la calle, en una hermosa casa, con un jardín cuyos alegres colores contrastaban con la imagen que ella proyectaba.

Era viuda, sin hijos, médico cirujano, trabajaba en el hospital más importante de la ciudad, desde que falleció su esposo, por lo que se asume que el ambiente laboral, la había absorbido totalmente. Gregorio Castañeda Abreu, la observaba diariamente y decidió abordarla, presentándose como el notario de la ciudad.

Se hizo costumbre el saludo diario y cada quien se dedicaba a lo suyo, hasta que ella desapareció. Decidió Don Gregorio, pasar por la casa y la vecina le indicó que había viajado a Londres a tomar una especialización y que era quien estaba a cargo de cuidar la casa y el jardín. No sabía cuándo regresaría. Se dice que el hombre es animal de costumbre, le hacía falta el saludo diario.

Pasó el tiempo y una mañana, para su sorpresa, se encontraron de frente, ella resplandeciente, el viaje le había sentado, a pesar de su traje gris. Un saludo mutuo y la promesa de tomar un café, para intercambiar lo ocurrido aquí y allá. Pasaron unas semanas y lograron concertar la toma del café prometido. Lo que se convirtió en una costumbre diaria. Entre café y café comentaban los asuntos generales, profesionales y políticos, nunca personales.

Con el tiempo, la relación se intensificó y decidieron unir sus vidas, al conocer que tenían mucho en común y habiendo aclarado sus vidas personales, a satisfacción. La convivencia sirvió para llenar las lagunas que cada uno tenía y hasta cierto punto, a pesar de profesar carreras diferentes, había una compensación por ser profesionales que, de alguna forma defendían la vida de las personas. María Eugenia dejó de usar el gris, símbolo de su viudez.

gravemente y María Eugenia, amorosamente, hacía lo posible por proporcionarle alivio, en esos momentos surgió la verdadera personalidad de Gregorio, quien se convirtió en un paciente rebelde y muy difícil, convirtiendo la vida de María Eugenia en un verdadero martirio. Gregorio no profesaba religión alguna, contrario a María Eugenia, quien en su interior se negaba a repetir la pérdida del compañero de su vida y rezaba por un milagro o una oportunidad. Ese milagro llegó sorpresivamente, el cuarto de Gregorio desde su ventanal que gustaba dejar abierto, para que el aroma del jardín neutralizara cualesquier olor a medicamentos. Una tarde entro un pequeño pájaro y sin más, deleitó a Gregorio con un trino espectacular, el evento se repitió diariamente, porque Gregorio le dejaba caer alpiste en los alrededores.

Escuchar el trinar de su visitante y recordar su niñez, lograba apaciguar su enconado carácter, mientras recibía las intravenosas y poco a poco, se volvió más tolerante de los tratamientos. Algo tan sencillo, logró un cambio positivo en Gregorio y María Eugenia decidió propiciar la llegada de aves al jardín. Con el pasar del tiempo, Gregorio se convirtió en un observador de pájaros tenía sus binoculares, el libro de registros y el catálogo de aves al lado de la cama. Un hobby tan sencillo lo mantenía entretenido y poco a poco logró recuperar su sentido del humor, para alegría de María Eugenia.

Recuperada la salud, de vuelta por medio tiempo al trabajo, Gregorio logró recuperar la confianza en sí mismo y en la humanidad, pero lo más importante fue que rescató su fe que había quedado adormecida con los años y volvió a creer, lo que lo llenó de mucha paz, había vencido la enfermedad y decidió comprarse una casa de campo para fomentar su afición y para que María Eugenia se despejara de los problemas de su trabajo.

A veces un evento sencillo en la vida, causa que la inteligencia se reactive y venza la desesperanza.

El ADIOS

Fue una despedida muy intensa, había una realidad tácita e innegable, no volverían a encontrarse más, a pocas horas de abordar el avión, se sentía un ambiente tenso, con mucho silencio, que representaba gritos desgarradores del alma, porque no podían expresarse abiertamente. La conversación giraba alrededor de temas inocuos, evadiendo abordar la separación.

En el avión, lágrimas contenidas afloraron a borbotones, pero los bellos recuerdos vividos fueron opacando poco a poco, el sentimiento de tristeza, por un capítulo de la vida que se cerraba inexorablemente. Todo pasaba por la mente como una filmina, de forma tan vívida que lograba una sonrisa y, un sentimiento de paz y consuelo se apoderó del alma.

Carlota descartó de un plumazo el pasado y se dedicó a planificar su futuro. Faltaban muchas horas para cruzar el océano y llegar al otro continente, se preparó para descansar un rato, disfrutar del viaje y redactar un pequeño borrador de las tareas que tenía en mente.

Todo estaba a punto, una pequeña tienda de artesanías situada al lado de su oficina, un negocio adicional de productos de tecnología, con un buen número de contratos de mantenimiento de sitios tecnológicos. Dada su preparación, podía realizar toda suerte de tareas, que además de representar ingresos adicionales, constituían gran dedicación y ocupación de mente y cuerpo.

Logró un nuevo cliente, de grandes dimensiones, porque había que desplazarse a ciudades vecinas, afortunadamente dentro de un radio de acción manejable. Con dicho contrato, fortalecía sus finanzas que con gran responsabilidad administraba.

De pronto, estando frente a su procesador, revisando unas notas, aparece la imagen de aquel de quien se despidió cinco años atrás. No comprende a que se debe la intromisión, pero mediante un audio, Esteban dice que cuando reciba el mismo, el habrá fallecido y le indica que ha dejado, a su nombre, audio deja los detalles a seguir. Pasado el momento de sorpresa, se percató que el tiempo lo borra todo, no sintió ningún profundo vacío, tal vez añoranza, de inmediato llamó a su abogado. Terminado los trámites legales, inició los preparativos de viaje para conocer su nueva propiedad, no tenía familiares cercanos. Tenía un grupo de cinco amigas del Colegio, quienes se apuntaron para acompañarla, habida cuenta que cada año, se trasladaban algún bello lugar de vacaciones y esta parecía una buena oportunidad.

Llegaron a Roma, trasladándose por tren, con grandes expectativas por conocer Piamonte, alquilaron un coche y mapa en mano se dirigieron hacia Alba, se detuvieron en la plaza principal para almorzar en La Piola, recomendado por su famoso cordero al tomate, entre otros deliciosos platos de la región, acompañado por deliciosos vinos y su famoso chocolate, de postre. Con tan gustosa recepción, Alba prometía unas ideales vacaciones. Salieron rumbo a la villa, luego de retirar las llaves donde el abogado Bennedetti, iniciaron la escalada, a través de hermosos viñedos cultivados a lo largo del camino, hacia la villa.

La casona tenía un letrero "El Adiós" que sorprendió a Carlota, porque indudablemente aludía a la triste despedida cinco años atrás. Era un lugar encantador, jardines, huertos, viñedos, las sinuosas colinas y sobre todo el agradable clima de abrigarse pero no exagerado. Tomaron posesión de la casa, cómoda, agradable y elegantemente amueblada con gusto exquisito.

Carlota, quien nunca tuvo problemas de insomnio y a diferencia de sus invitadas, sentía tal cansancio que no permitía que disfrutara su estadía. Revisó cuidadosamente su habitación, porque sentía una presencia que impedía conciliar el sueño. Sus amigas cada una con tez fresca y lozana, planeaban excursiones por los alrededores sean caminatas exploratorias, visitas a las bodegas, búsqueda de trufas blancas y aprendizaje de la cocina piamontesa, ella las acompañaba, por supuesto, sin mencionar su falta de sueño, pero se notaba a leguas su agotamiento.

En otra ocasión, decidieron hacer un vuelo en globo aerostático y contemplar los viñedos desde los aires, esa mañana había que levantarse muy temprano para trasladarse al lugar indicado. Las espectaculares vistas del amanecer, refrescante. Desayunaron en el camino y degustaron delicados vinos de los alrededores de Alba, como el Barolo y el Barbaresco. Carlota al regresar, se retiró a su aposento a descansar. Durmió unas horas, despertando sobresaltada, siempre por la misma pesadilla. Decidió bajar al pueblo, hizo cita con el abogado Bennedetti, para que la ilustrara sobre los orígenes de la Villa. Lo que temía, la casa tenía su historia fantasmal y al parecer sólo ella la sentía, porque en esa habitación había ocurrido una extraña desaparición.

Regresó a la Villa y decidió con la ayuda de sus amigas, hacer los cambios necesarios para sacudir la presencia de su recámara, porque sólo ahí se sentía. Reubicó su aposento y el lugar lo convirtió en un estudio lleno de luz y con muchas plantas y cuadros diferentes a los existentes. Sustituyó el letrero El Adiós por El Rencuentro, llamó al sacerdote del pueblo para que bendijera toda la casa y ordenara descanso al alma que no encontraba reposo. Echa la tarea, Carlota recuperó la paz interior y desapareció su insomnio, lo que necesitaba para tomar la decisión de qué hacer con la villa.

Decidió convertirla en un Bed & Breakfast, administrarla por un año y venderla después de haber logrado popularidad. Era más fácil cerrar, temporalmente, su piso en Chicago. Su presencia era más necesaria en Alba por la siembra, vendimia y el mantenimiento del lugar. Prepararon viaje y regresaron a Chicago, Carlota hizo rápidamente los arreglos y regresó a Italia, estuvo muy ocupada en sus nuevas tareas, el año pasó y sus intenciones de regresar a Chicago se vieron afectadas por múltiples tareas. El hotelito bien puesto y reconocido local e internacionalmente, se convirtió en un buen negocio, con un personal atento y dedicado.

Estaba Carlota a la espera de sus amigas de Chicago, decidió tomarse un café en el estudio, que antes era su aposento. Le entró una especie de modorra y al abrir los ojos, tenía al frente esta hermosa joven sonriente, que con gestos le indicaba que debía salir y la figura desapareció. Estupefacta miró el reloj, pensó que era un sueño, se dio cuenta que tenía que recoger a sus amigas en la estación del tren y salió en hora justa. Nuevamente el recorrido, sólo que todas conocían el camino y decidieron almorzar muy cerca del B&B, con el tiempo suficiente para ponerse al día de lo acontecido tanto en Chicago como en Alba.

La gran sorpresa que les esperaba a sus amigas, tenía Carlota todo planificado para su boda y ellas serían las damas de honor. Al comunicarlo, no salían de su asombro, fue a la vuelta de Chicago, conoció a Carlo Alberti Carbonne. Un prestigioso productor de vinos quien disfrutó por muchos años de su soltería hasta conocer a Carlota, tenía muy cerca sus viñedos y habiendo coincidido en muchos lugares, ocurrió lo predecible. No quiso alarmar a sus amigas con el sueño o aparición en el estudio, por ser un hecho incierto, no obstante, cavilaba sobre el tema.

Llegó la hora de la cena y de las presentaciones, todas quedaron muy bien impresionadas con Carlo Alberti y él con ellas. Para atender la comida contrataron a un viejo mayordomo que había servido, tiempo atrás, en la casa ahora B&B, todo a la perfección con una comida muy piamontesa y vino de sus viñedos. El mayordomo serviría el café y pastelillos en el estudio, de camino al mismo, escucharon un estrépito, al llegar todo desparramado en el piso y el mayordomo, a punto de desmayarse, pálido del susto, les contó que causó el accidente el haber visto a su hija fallecida. Carlota recordó lo que creyó era un sueño y el corazón le dio un vuelco, pidió discreción para no asustar a los huéspedes y decidieron llevar al mayordomo de vuelta a su casa.

Sus amigas estaban alojadas en el anexo recién construido, donde cuatro recámaras tenían acceso a una bella sala de descanso, con grandes butacones, televisor, biblioteca, para uso común de dichas habitaciones. El incidente fue atribuido al estado de ánimo del mayordomo y el lugar donde habían ocurrido los hechos, el asunto quedó olvidado e iniciaron los preparativos para la boda. El hotelito se prestaba para ser arreglado bellamente, así entre flores, parras y el aroma delicioso del campo, se celebró una preciosa ceremonia. La recepción al mejor estilo italiano, en mesas adornadas de vistosos manteles, rebosaba con las más exquisitas viandas piamontesas.

Carlota luego del ceremonial, subió para cambiarse el vestido de novia, por el que utilizaría en su viaje de novios. Decidió a última hora verse en el enorme y bello espejo del estudio, el que mantuvo por su majestuosidad, al mirarse, quedó sorprendida porque la imagen no era la de ella, sino de la bella mujer tomó, entrando en el espejo.

Carlota desapareció misteriosamente, el día de su boda y nadie supo qué ocurrió en esa habitación, repitiéndose lo que parecía una leyenda.

Estar vagando en una nube de esperanza y de propósitos muy claros, es sentirse libre, una agradable sensación de bienestar que abruma a Carlos, luego de semanas de haber ingresado en el hospital, donde llegó angustiado a someterse a una cirugía. Su regreso a casa, con su familia y sobre todo, al encuentro en paz consigo mismo, conlleva propósitos y objetivos.

Lleva el reloj de bolsillo que le dejó un anónimo visitante, en su cuarto de hospital, con el mensaje de que lo mantuviese siempre consigo, Carlos espera poder agradecer algún día tan preciado regalo. Regresar a su tienda de antigüedades constituye un reasumir de funciones interesantes, siendo su colección de piezas, la envidia de otros anticuarios. Ellos no comprendían como un connotado profesor de historia, se dedicara a restaurar, lo que no sabían era que su afición por los muebles antiguos, acabó por conquistarlo totalmente. Con otra perspectiva de la vida, reanudó sus compras y ventas, decidiendo extender el lugar, para ubicar piezas más grandes.

Una tarde le llegó una oferta de un anticuario amigo, se trataba de un escritorio muy particular, de buena madera, con compartimientos secretos, un poco maltratado, lo adquirió e inmediatamente empezó a restaurarlo, para sacarle una buena utilidad en su venta. Mientras lo limpiaba iba revisando el contenido de sus gavetas y compartimientos secretos. Encontró una gaveta atascada y con mucho cuidado procedió con la apertura, encontrando en su interior un manuscrito, en papel amarillento pero legible. Se trataba de una promesa de compra venta de una finca, que obviamente tendría que ser objeto de investigación. Carlos siguió restaurando el escritorio y encontró algunos billetes antiguos en otros compartimientos secretos, los que también guardó. Como resultado de su prolijo trabajo, transformó el escritorio en un elegante y atractivo mueble. Esa era una de las muchas habilidades de Carlos cuando trabajaba. Cuando se demoraba en su trabajo, la alarma del reloj de bolsillo le avisaba hora de regreso a casa, que realmente era en el piso superior del inmueble, pues el mismo era de su propiedad.

con la escritura y se dispuso a cenar lo que su esposa había dejado en el horno. Elvia se había ido de compras y se había llevado a los dos niños, para que no lo molestaran mientras trabajaba, el silencio era tal que decidió poner la radio. El noticiero empezó y escuchó que había ocurrido un accidente muy cerca de su vivienda, llamó enseguida a Elvia, sintiendo gran alivio al saber que estaban bien y en camino a casa.

De repente, la alarma del reloj empezó a sonar y no había forma de apagarla. Al unísono sonó el teléfono y le avisaron que un amigo había llegado a urgencias del hospital, había dado su número como referencia. La alarma del reloj quedó en silencio como por arte de magia. No conocía el nombre del accidentado, decidió ir y averiguar quién era, escribió una nota a su esposa y tomó el auto rumbo al hospital, el mismo donde él había sido paciente. Al llegar, preguntó y lo estaban operando, de repente, la alarma del reloj empezó a vibrar con un sonido diferente y suave. Se sentó a esperar y el cirujano salió, lo llamó por su nombre y le repitió que el enfermo, señor Rubén Carrillo, había salido bien de la operación, que lo podría ver por brevísimos minutos. Carlos se asomó y definitivamente, para él era un total desconocido.

Llegó a su casa y contó a su esposa la extraña experiencia vivida y decidió examinar el reloj cuya alarma sonaba a deshoras. Era un reloj normal y recordó que llegó a su poder, en circunstancias muy parecidas a la del hospitalizado. Al día siguiente, llegó al hospital, el enfermo dormía y decidió dejarle el reloj, dijo a la enfermera que lo cuidaba, que por favor se lo entregara, que hacía lo mismo que un anónimo visitante hizo por él, cuando estaba hospitalizado y él debía continuar la cadena de alivio. Carlos se preguntaba, como ese desconocido, cuyo nombre no le sonaba, pudo conocer su identidad, para poder ser localizado, pero decidió no preocuparse más por el asunto.

Carlos decidió revisar el manuscrito encontrado en el escritorio y como se trataba de un documento legal, lo llevó a su hermano mellizo Julio, quien era abogado. De la investigación, se conoció que el documento estaba en regla y la propiedad existía, una mansión, La Perla, que permanecía medio cerrada por los dueños, quienes habían salido de viaje por largo tiempo. Dedujo ido a parar al vendedor de antigüedades y posteriormente a sus manos. No conocía a ninguna de las partes del contrato de compraventa investigado.

Una tarde llamaron a la puerta, un hombre bien vestido, con buena fisonomía, preguntó por Carlos, Elvia lo hizo pasar al estudio donde casualmente también se encontraba Julio. Hechas las presentaciones, resultó que el visitante era el desconocido paciente del hospital, quien explicó que pidió a la administración del nosocomio la dirección de Carlos para agradecer sus atenciones. Julio como buen abogado escuchaba cuidadosamente la conversación que giraba alrededor del misterioso reloj y se preguntaba, dónde había oído antes el apellido del visitante. Súbitamente recordó, era una de las partes del contrato de compraventa, esperó el momento apropiado para comentarlo. Preguntó al rato, si su apellido Carrillo estaba relacionado con la mansión La Perla, sorprendido contestó, que efectivamente allí residía, es propiedad de sus familiares, con lo que Carlos no salía de su sorpresa ante tantas coincidencias. Se hizo tarde y quedaron en reunirse nuevamente para desarrollar temas, entre ellos lo del contrato de compraventa encontrado.

A la semana, después del almuerzo, se desentrañó parte del enigma, el desconocido que originalmente dejó el reloj a Carlos, era el padre del señor Carrillo quien a su vez lo había recibido de su padre, durante un breve tiempo que estuvo hospitalizado, decían, se tratada de una cadena de alivio, que en este caso regresó al hijo. Cuenta Rubén Carrillo que sus padres, cerraron la casa porque decidieron ir al África a ver sus empresas, pero antes pasaron por el hospital a dejar el reloj. Él Rubén estaba de viaje, misterios de la vida, se decían, un escritorio, una escritura, un reloj y un hospital todos relacionados con personas recuperadas de una enfermedad ¿Cuál será el objetivo? se preguntaban.

La respuesta no tardó en llegar. A finales de mes, decidieron ir a conocer la Mansión La Perla. La vereda, bordeada por jardines bien cuidados, los llevó a un hermoso portal, que parecía darles la bienvenida. Rubén abrió la enorme puerta y seguido se encontraron en un ambiente acogedor. Enormes cuadros de la familia de diferentes generaciones. Carlos y Julio no se atrevían a comentar, que muchos de los rasgos de los rostros que aparecían en los a su padre y unos tíos. La lógica les indicaba que ello no podía ser, pues sus padres ya fallecidos, eran de rasgos totalmente diferentes. Continuaron conociendo la enorme casa y en la siguiente habitación había una pintura que era como una copia de Carlos, estupefacto le dijo a Rubén creo que esto merece una explicación, ¿Quién es? Rubén lo miró y sonriendo dijo, es mi padre, vayamos al invernadero donde están los refrigerios y el café, preparados por el mayordomo.

Rubén, risueño comentó que todo inició, cuando el anticuario quien recibió algunos muebles de la casona, le dijo a mi padre que el restaurador, o sea tú Carlos tenía un gran parecido con él, pero más joven y que tenías un hermano mellizo Julio, para mi padre, nuestro padre, cuyo nombre es Carlos Julio, fue un milagro, Carlos y Julio estaban estupefactos y expectantes ante la revelación que les hacía Rubén, no emitían sonido alguno. El mayordomo de Rubén sirvió el café, dándoles tiempo para digerir lo que estaba ocurriendo.

Continuó Rubén, nuestro padre era muy joven, al igual que vuestra madre, quien a los días después del parto de ustedes, falleció. Nuestro padre, después de unos años, decidió irse a trabajar como geólogo a las minas de diamantes en África, al considerar que solo no podía educarlos, decidió dar los mellizos en adopción, con la condición que ambos fuesen adoptados por un mismo matrimonio o sea que no debían ser separados. Julio y Carlos se miraban asombrados, pues no sabían que eran adoptados. Mi padre Carlos Julio se casó en segundas nupcias y al nacer su hijo Rubén, yo mismo, decidieron regresar a Londres y habitar La Perla, adquirida con las ganancias de la mina de brillantes en Sudáfrica.

Al contar con la edad para ir a la Universidad fui internado y regresaron al África. Siempre recuerdo la expresión triste de mi padre, la que comprendí al darme a conocer vuestra existencia y la imposibilidad de dar con vuestro paradero, a pesar de las fracasadas investigaciones realizadas. Por ello, con la información del anticuario, pudo con certeza verificar que el restaurador tenía un hermano mellizo, lo que aumentaba las probabilidades de que fueran sus hijos, sobre todo por los nombres. Al conocer que Carlos estaba hospitalizado, lo visitó y le dejó el reloj de su padre, o sea de nuestro abuelo, identificación e hizo que la tienda de antigüedades le enviara el escritorio. Comprobados los hechos, hizo partícipe de los mismos a Rubén y con su esposa, madre de Rubén, partiendo al África donde tenía su negocio de diamantes.

Rubén pensó comunicarse con Carlos, pero tuvo un accidente muy cerca de la casa de éste y se le ocurrió dar al hospital, su nombre y dirección como referencia para mantener la conexión y lo demás ya era sabido. Este extraordinario encuentro no tenía precedentes en sus vidas, los tres se miraban sin acabar de creer que eran hermanos. Rubén les dijo que esperaba a sus padres en dos semanas. Se despidieron con un abrazo, cada uno con una mezcla de sentimientos que sabían tenían que sopesar. Carlos con su esposa e hijos y Julio consigo mismo.

Carlos Julio y su esposa regresaron, con conocimiento de lo acontecido, ya que Rubén se los había comunicado telefónicamente. No sólo había recuperado a sus mellizos, sino que tenía una nuera y dos nietos. Su familia estaba completa y rebosante de alegría, había tanto que recuperar, tanto que contar.

Durante el encuentro, la alarma del reloj sonó y de pronto dejó de sonar, como un mensaje silencioso por misión cumplida. El reloj jugó un papel de enlace que no se sabe si fue mágico o casual.

EL SUEÑO PERMANENTE

Como todas las tardes, después de terminar mis quehaceres y tareas del colegio, me siento en la banca construida por mi hermano, a quien papá enseñó cómo hacerla. Me gustaba ver pasar a la gente, llevaba un control por hora, sabía quién pasaba y quién faltaba, unos conocidos saludaban otros sencillamente me ignoraban. Con paso cansado, padres que regresaban de trabajar y como la parada de bus quedaba lejos tenían un buen trecho por caminar. Pasaban personajes del barrio como aquel quien por sus inclinaciones sexuales, era correteado y golpeado, sentía lástima por él. También cruzaban autos hacía el barrio de los ricos, descapotados, motos y hasta bicicletas de lujo. Una calle parecía el límite de clases sociales, no obstante de nuestro lado vivían médicos, mecánicos, abogados, ejecutivos, billeteras, carniceros y tenderos provenientes de la clase media, quienes con esfuerzo lograron estabilidad financiera.

Una tarde mientras leía, pasó el policía que a menudo visitaba a la billetera de enfrente, se veía muy gallardo con su uniforme y me decía en mi interior, más recto que una varilla, camina como si fuese un rey. A cada quien lo calificaba, esa era mi distracción. El cuidador del taller de mecánica, que quedaba en la esquina, pasaba hacia la tienda del español y regresaba con un dulce, una fruta y un refresco, caminando con dificultad por una pierna artificial. Eran las idas y venidas de la gente común del barrio, donde nada extraordinario ocurría.

Oscureció, el cielo se llenó de brillantes estrellas y al mirarlas me preguntaba como hacía para sostenerse sin que nos cayesen encima, un espectáculo de luz. De repente, escuche gritos y llantos y patrullas policiales aparecieron. La noticia se regó como pólvora. Encontraron a la billetera de enfrente, muerta. Unos decían un asalto para robarle, otros, un crimen pasional o un accidente. Mi padre nos ordenó que nos mantuviésemos dentro de la casa y cerró la reja. A través de ella, tratábamos de imaginar lo que ocurría. Llegó el

Rodearon todo con una cinta amarilla. Como era viernes, no teníamos que ir al día siguiente a clases y podíamos acostarnos más tarde, encendimos la tele para ver si salía el caso en las noticias.

A la mañana siguiente, todos nos ofrecimos para sacar la basura antes que el recogedor pasara, pero nuestro padre dijo que él lo haría. Fue un día tenso por el ir y venir de los policías. Le conté a mi padre que había visto al policía visitar a la billetera y me prohibió que lo repitiera y que no podría sentarme afuera en mi silla favorita, fue un sábado aburrido y nos dedicamos a jugar con rompecabezas y otros juegos de mesa. Mis hermanos estaban molestos porque no podrían ir a sus juegos de pelota. El domingo saldríamos a misa, sin permiso para detenernos ni curiosear al frente, cuando pasásemos hacia la iglesia.

El lunes salimos para la escuela, quedaba en el barrio y nos íbamos caminando. Era un recorrido entretenido porque recogíamos frutas en el camino y se nos hacía corto. Era de esperar, que fuésemos la atracción por la noticia que contamos a nuestros compañeros de clases. Conté a la maestra que había visto al policía entrar a casa de la billetera y ella me dijo que debía decirlo a los detectives, a pesar de la prohibición de mi padre. Llegando a casa relaté lo dicho por la maestra y me gané un castigo por desobediente.

Mi madre me explicó que mi padre temía que si yo informaba lo visto y el policía lo negaba, era su palabra contra la mía. Además, el policía trabajaba en el mismo lugar que los detectives y a lo mejor ello complicaría el asunto. Por último recordó que había mucha injusticia con los pobres. Las palabras de mi madre me dejaron pensando y callé. No obstante, soñaba constantemente con la billetera, quien me llamaba en mis sueños. La pesadilla no me dejaba seguir durmiendo y mi madre tenía que hacerme un té de tilo para lograrlo.

Fui a confesarme y conté todo al sacerdote, había llevado el cuaderno donde anotaba días, horas y minutos de los que caminaban frente a mi casa. Le pedí que lo guardara, a menos que considerase conveniente entregarlo a la Policía.

Días después, mi padre anunció que había encontrado un trabajo en otra provincia y que nos mudaríamos al día siguiente. Eso hicimos, todo cambió, la casa, la iglesia, el ambiente y en especial la escuela, mucho más grande y nuevos amigos.

Mi padre me convenció que no debía llevar control de la gente, nada de cuadernos para ello, la verdad era que nuestra casa estaba ubicada en una calle sin salida, que hacía innecesario el paso de nadie, mucho menos un control.

Con la nueva casa desaparecieron las pesadillas y supimos, en las noticias que apresaron a los autores del crimen de la billetera, era una banda que las atacaba por el dinero y los billetes mismos.

www.ingramcontent.com/pod-product-compliance
Lightning Source LLC
LaVergne TN
LVHW052113160826
845678LV00015B/3537